함부로
아틋하게

함부로 애틋하게 New Edition

펴낸날 | 2016년 8월 12일 초판 1쇄

글 | 정유희
그림 | 권신아
디자인 | Mayday Graphic Studio, 이민영
펴낸이 | 이태권

펴낸곳 | (주)태일소담
　　　　서울시 성북구 성북로8길 29 (02834)
　　　　전화 | 745-8566~7 팩스 | 747-3238
　　　　이메일 | sodam@dreamsodam.co.kr
　　　　등록번호 | 제2-42호(1979년 11월 14일)
　　　　홈페이지 | www.dreamsodam.co.kr

ISBN | 979-11-6027-002-0 03810

이 도서의 국립중앙도서관 출판예정도서목록(CIP)은 서지정보유통지원시스템 홈페이지
(http://seoji.nl.go.kr)와 국가자료공동목록시스템(http://www.nl.go.kr/kolisnet)에서
이용하실 수 있습니다. (CIP제어번호 : CIP2016018215)

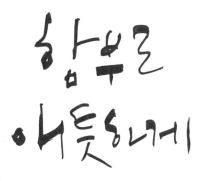

글 정유희 | 그림 권신아

소담출판사

언제부터 그렇게 된 건지 알 수 없어

언제 어디서 무얼 하든 너와 함께

이게 숨 쉬듯 가장 쉬운 일, 편한 일, 자연스러운 일이 되었지

프라하 옆 동네 체스키크룸로프의 골목을 몽골 아르항가이 한복판에 가져다 놓은 조그마한 나라. 나는 실은 그 나라에서 왔다. 나는 구름을 재배하는 농사꾼이었다. 식후 30분마다 불멸이 지나갔고, 새벽마다 잠깐씩 모두가 죽었다. 늦은 오전엔 잠깐씩 부활해서 하루를 살았다. 내일이라는 말 대신에 후생이라는 말을 썼다. 정유희와 권신아는 그 나라에서 사귄 나의 친구들이다. 그들은 꿈을 꿈보다 선명하게 적고 그리는 낙서쟁이였다. 우리들은 소풍처럼 여기에 왔고 원하던 고통과 결핍을 충분히 맛보았다. 두 사람이 그 나라의 비밀들을 여기에 몽땅 누설하고 말았으니, 실은 이 책은 책이 아니다. 우리가 살던 나라의 패스포트다. 당신의 손에 이 책이 들려 있는 순간, 당신은 우리와 나란히 벤치에 앉아 그 나라에서 기분 좋게 졸고 있게 될 거다.

시인 김소연

오래전에, 10년 전쯤에, 두 사람을 함께 만난 적이 있다. 보자마자 두 사람이 '콤비(Combi)'라는 생각이 들었다. 요즘은 '콤비'라는 말을 잘 쓰지 않지만, 두 사람을 설명하는 데 콤비라는 말보다 더 적절한 단어가 없을 것 같다. 두 사람의 글과 그림은 지하세계 비밀공작단의 메시지처럼 암호로 가득한데, 암호를 해독하려고 페이지를 자세히 들여다보고 있노라면 어디선가 함께 서서 슬그머니 웃고 있는 두 사람의 얼굴이 보이는 듯하다. 『함부로 애틋하게』는 가끔은 짓궂고 때때로 신비롭고 자주 하늘을 보게 만드는, 잘 어울리는 콤비의 작품이다.

작가 김중혁

사랑하는 사람에게 미처 부치지 못한 수줍고도 당돌한 연애편지를 훔쳐보는 느낌이 바로 이런 것일까? 정유희가 알싸하고도 각별한 글로 표현한 사랑의 다면적인 모습들 사이로 사랑의 정체를 알고 싶어 안달하는 소녀와, 사랑의 실체를 가슴 시리도록 체득한 한 성숙한 여인의 모습이 함께 어른거린다. 애틋하고 간절한 마음을 묵묵히 삭힐 때마다, 그 터질 듯한 심장이 이토록 창의적인 상상력으로 환생될 수만 있다면 얼마나 좋을까. 더불어 권신아의 아름답고 판타스틱한 삽화들은 우리가 끝내 이루지 못한 꿈같은 사랑의 모습을 재현하며 우리를 위로한다. '언제쯤 말 안 해도 내가 당신을 사랑한다는 걸 알아차릴 수 있을까.' 계속 귓가에 맴도는 그녀의 말처럼, 왜 사랑하는데 이토록 늘 안타깝고 슬픈 것일까.

작가 임경선

'There's⋯.' 정유희의 글은 적당한 거리를 두고 우리의 감성과 마음의 갈피를 관찰한 후 다시 거울에 비춰준다. 그녀의 글을 읽으면 그녀가 우리의 사랑, 혼돈스러운 삶의 현실을 대신 말하고 있는 것 같다. 마치 우리의 모습을 리얼하게 연기하는 연기자처럼. 어느덧 그녀의 목소리와 우리 내면의 목소리가 하나라는 사실에 깜짝 놀라게 된다. 그것이 진정한 글쟁이의 역할이다.

뮤지션 이상은

ⓒ이민영

정유희

문화 매거진 PAPER에서 창간 때부터 기자로 일하며 첨예한 감수성으로 독자적인 글을 써왔다. 현재 PAPER 편집을 맡고 있으며 Mayday Graphic Studio 대표를 겸하고 있다. 볼썽사나운 삶이 한 가지 일 우물만 파게 하지 않았으므로 잡지쟁이로 살면서 각종 기획과 아트디렉팅을 겸하고 있다. 두산 박용만 회장, 가수 양희은 공식 홈페이지 등을 기획했으며, 양희은 데뷔 30주년 앨범을 비롯, 여러 앨범을 디자인 디렉팅했다. SKT의 '현대생활백서'를 편집했으며 저서로는 여행 에세이 『너에게 변두리를 보낸다』가 있다.

뜻 없이 살고 싶었으나 쌍둥이좌로서 '타오르는 얼음'처럼 지나치게 뜨겁거나 냉담하게 삶을 보행 중. 꿈도 삶의 반절이라 여겨 꿈과 현실을 구분하지 못한 채 지뢰가 지천에 깔린 첩첩산중을 오늘도 정처 없이 헤매는 중. 네 마리의 냥이 아들들과 왁다글닥다글 살고 있지만 길 위의 동물들에게 한 뼘 더 사로잡혀 있으며, 괴물 되지 않는 게 소망이지만 이생에서 철들기는 글렀다고 생각한다. 심장을 덜컹대며 설렘을 품는 게 유일한 장기이므로 결코 미덥거나 온유한 적 없는 사랑이란 괴물을 향해 오늘도 달린다. 달리다가 엎어져 무르팍이 깨져도 실실 웃으며 다시 일어나 달린다. 함부로 애틋하게.

ⓒ하덕현

권신아

1997년 PAPER에 권신아가 그림을 그리고 정유희가 글을 쓴 'Never Ending Story'로 데뷔하여 일러스트레이터로서 본격적인 활동을 시작했다. 2002년 첫 번째 일러스트집 『인디고(Indigo)』, 2005년 두 번째 일러스트집 『앨리스(Alice)』를 만들었으며, 부천 판타스틱 영화제 포스터 작업, 두타 글래스월 일러스트 작업, 정이현 소설 『달콤한 나의 도시』 일간지 연재 일러스트 작업 등을 비롯해 각종 매체와 출판물, 광고, 앨범 등에 그림을 그리고 있다. 사소한 일상에서 만나는 소재들과 상상 속 비현실적인 소재들을 뒤섞어 그리는 걸 은근히 선호한다. 볕 좋은 날, 넋 놓고 이 골목 저 골목을 헤매며 걷는 것과 맛난 것 먹는 걸 즐기며 매일 무엇을 먹고 다녔는지 기록해두는 습관이 있다. 양말이 잔뜩 있는데도 예쁜 새 양말 사기, 뜨개질하기, 인형 옷 만들기, 서랍 정리가 취미이며 가끔 이국으로 여행을 감행한다. 현재 바람 많이 부는 제주에서 고양이를 기를 수 있는 독립 주거를 벼르고 있음.

#1. There's

#2. Private eyes

#3. Bitter sweet, strange love

#4. Farewell goodbye

#5. Happy ever after

그녀의 그림이, 기묘한 꿈들과 아름다운 환상을 구름에 싣고
북서풍에 이끌려 살랑살랑 내게 당도했다.

그림은 내게로 와서, 내 꿈을 물끄러미 들여다보는 최초의 사람처럼
미덥고도 서늘한, 극진하고도 애틋한 글로 열매 맺혔다.

어쩐지 비슷하면서도 어딘지 사뭇 낯선 둘이
항상 교감을 나누는 듯, 제 깜냥껏
글을 쓰고 그림을 그렸다.

서로의 글과 그림에서 작고 은밀하고도 강렬한 자극이나 영감을 받아
그림을 그리고 글을 썼다.

사실 둘은 모든 것이 달랐다.
생각과 생김새 어느 것 하나 닮은 것이 없었다.
둘 다 제 본성과 취향, 욕망과 환상에 사로잡혀
상대방을 크게 고려하거나 괘념치 않은 채로
각자 내키는 대로 쓰고 그렸다.

#1. There's

구름의 팔짱을 끼고 흰 고래 해변을 산책하고 싶었어

그립다는 중얼거림은 구름 위에 누워

너의 응시에 붉어진 뺨은 먹구름 속에 숨겨

또렷하게 기억나는 건 이틀 후 사라질 꿈

양들은 아직도 샤워 중일까?

뜬구름악단은 모레쯤 이리로 오겠지

나는 여전히 구름 곁…

There's

그래,
그냥 그렇게 가만히 옆에 있어줘
30cm 정도 간격을 두고
내가 힘주지 않고 조곤조곤 얘기해도
토씨를 빼놓지 않고 들을 수 있는 그만큼의 거리
네가 허밍하는 '번개의 잠'이 내게 적당히 들리는 위치
해바라기 씨앗이 시간에 맞춰 반짝이는 게
너도 보이지?

그래,
그쯤에 있어줘
서로의 얼굴에 새로운 점이 생겨도
잘 발견할 수 없는 거리, 그쯤에
옆집의 룸비니 히피 아저씨가 연주하는
'로열 네팔 에어플레인'의 곡이
적당하게 썰려서 귀에 담겨지는 거리
느껴지지?
오늘도 그가 네 번째 손가락을 사용하지 않고
시타르를 퉁기는 게

함부로 애틋하게

나는 네가
비싸도 좋으니
거짓이 아니기를 바란다

나는 네가
싸구려라도 좋으니
가짜가 아니기를 바란다

만약 값비싼 거짓이거나
휘황찬란한 가짜라면
나는 네가 나를 끝까지
속일 수 있기를 바란다

내 기꺼이
환하게 속아 넘어가주마

함부로 애틋한 듯 속아 넘어가주마

문을 열어

어느 곳에 당신의 숨겨진 마음이 있을까
어느 쪽에 비밀에 휩싸인 당신의 진심 있을까
발뒤꿈치 올려 딛어도 잘 보이지 않네
가까스로 조곤조곤 네 음성 들릴 듯 말 듯
이 문 앞이 맞는가
바보같이 또 번지수 틀리면 안 되는데

오늘도 반짝 빛나는 달님과 별님
헤이그 밀사같이 비장해 보이는 나를 보며
혀를 끌끌 차는데
기다림에는 반드시 끝이 있는 법

죽지 않을 만큼만 대강 숨 쉬며 살고 있지만
네 진심을 기다리는 일은
지금 내겐 가장 절실한 임무
똑똑 노크를 할게
문을 열고 내게 정다운 손 내밀어주길

별버터

잘 가요, 당신
그동안 덕분에 즐거웠습니다

천진한 몸에서 나던 우유 냄새도
성큼 앞서 가던 머리 큰 그림자도
적색 분자들의 헛소리에 겸연쩍어하던 눈동자도

내겐 더없이 좋은 추억이 될 거야
당신에겐 더없이 포근한 겨울이 되기를…

알 수 없는 연두색 눈이 내릴 때
가엾은 평화가 짤랑거릴 때
나는 녹은 '별버터'를 양식 삼아
태양충을 채집하러 가요

심심하다고 720일 전쯤으로
가까이 오지 말아요
저번처럼 겨우 냉동시킨 좌심실이
또 데일라

초록 열대어 숲

널 처음 봤을 때
어디로 갈 거냐고 묻지 않았어
어차피 글피부터 떠날 채비를 했으니까
전생쯤에 당도해야 만날 수 있을 테니까

널 두 번째로 봤을 때
뒤돌아서 재빨리 눈을 감았어
결핍으로 떨리는 내 눈동자를 보이기 싫어
손에 쥔 그리움이 땀 흘리는 걸 들키지 않기 위해

세 번째로 널 봤을 때
아찔한 마음을 붙들고 숲으로 달렸어
고지식한 하얀 안개들도 이제 모두
숲으로 이주하기 시작했으니까
너도 보호색을 피우지 말고 이곳에 들러주렴

제일 먼저 숲에 당도하여
널 반기는 모자를 흔들고 있을게

Turntable spinning

엄격한 허무를 해제하고
그댈 다시 내 영혼에 들여놔볼까?
어쩌면 이건 사랑이라 부르는 그 이상한 스피닝.
'판타스틱 턴테이블리즘'일지도 몰라

절제할 수 없는 마음이
다시는 내게 회전되지 않으리라 생각했는데
이 불규칙적이면서도 경이로운 원운동.
파격적인 회전 패턴의 실마리를
당신이 가지고 있다는 걸…

당신, 앓아누운 내 의식 속에 자꾸
라꾸라꾸 침대처럼 접혔다 펴졌다 하네
LP처럼 뱅글뱅글 끝도 없이 돌아가네

이젠 24개월 할부 말고
일시불로 내게 와줘

날 보러 와

석류 샤베트를 만들어놓았다고 했어
절판된 에곤 실레 화집을 겨우 구했다고 했어
우츄프라카치아가 다시 깨어났다고 했어
집채만 한 토끼가 내 정원을 망쳐놨다고 했어
얼음에 불붙이는 데 성공했다고 했어
관절염을 앓고 있던 옆집의 도도새가
날기 시작했다고 했어

동물원에 같이 가자고
자전거 바퀴에 바람을 넣었다고
하염없이 우울하다고
내 이름이 싫다고
어금니가 썩었다고
딱따구리가 뒤통수를 쪼았다고
이제 아주 먼 행성으로 도망쳐버릴 거라고 했어
그런데 녀석이 날 보러 오질 않잖아

하는 수 없이 태풍의 신 티포에우스한테
그가 3년간 탐내던
백마노로 만든 내 아코디언을 주고
폭풍과 비를 불러들였어

이제 곧 그 녀석이 이리로 떠내려오겠지?
이야, 신난다!

구름 곁

그립다는 중얼거림은 구름 위에 누워
너의 응시에 붉어진 뺨은 먹구름 속에 숨겨
또렷하게 기억나는 건 이틀 후 사라질 꿈
양들은 아직도 샤워 중일까?
뜬구름악단은 모레쯤 이리로 오겠지

나는 여전히 구름 곁…

보고 싶어

어제는 네가 너무 보고 싶어서 살짝 돌 뻔했어
그래서 커다란 종이봉투에 구멍을 두 개나 내고
그걸 쓴 후 한참을 돌아다녔지
하지만 소용이 없네

어제는 네가 너무 보고 싶어서 환장할 뻔했어
그래서 딱딱한 것들을 죄다 깨물어봤지
주전자, 낡은 액자, 책상 다리, 삼각자, 전화기…
하지만 소용이 없었어

어제는 네가 너무 보고 싶어서 머리가 아팠어
그래서 한쪽 벽에 점을 찍고 계속 너에게
하고 싶은 말을 중얼댔지

고양이 밥에 물을 부어놓아도
하늘을 향해 30분 동안 손가락질을 해도
앞집 개를 노려봐도, 옆집 초인종을 계속 눌러봐도
벽지의 꽃무늬를 계속 세어도
운동화 끈을 수백 번 묶었다 풀어도
온종일 내 주위에 서성이는 그리움…

아무리 생각해도 네가 왜 보고 싶은지
답을 알 수 없어
그리고 오늘이 되었는데, 보고 싶음이 줄어들지도 않아
그리하여 어쩐다지?
자꾸 네가 보고 싶다는 이 현상

언제쯤

언제까지라도 네가 끓여주는 애프터눈 티를 마실 수 있을까?
언제까지 정원의 잔디가 연두색 사과빛일 수 있을까?
언제쯤 말 안 해도 내가 널 사랑한나는 걸 알아차릴 수 있을까…

Everyday happy day

4월, 해맑은 하늘 아래 빨아 널은 옷같이
뽀송뽀송한 사랑이 팔랑팔랑 봄바람을 맞으며 다가오고 있어
나비 행성으로 긴 여행을 꿈꾸는 단짝 친구는
설렘과 모험심을 잔뜩 배낭에 구겨 넣고 있어
너를 위해 매일매일 휘파람을 불며
신선한 도넛을 굽는 일은, 하루 일과 중 제일 신바람 나는 일
좁다란 방에서 나간 고양이들은 자유를 만끽하다가
따뜻한 햇볕을 쪼이며 낮잠에 빠졌네
여름이 되어 받아둔 빗물이 포근해지면
거기서 개구리헤엄을 치자
가을이 되면 잘 익은 사과를 똑 따서
너에게 한 상자 보내줄게

너무 익은 마음

어떤 감탄할 만한 문장으로도 내 마음을 전할 수 없다
영혼을 쩡 하고 울리는 감동적인 글귀로도 내 진심을 표현할 수 없다
그 잘난 시 나부랭이도, 멋 부리는 로맨티스드의 편지글도

천년 동안 비를 맞아도 녹슬지 않을 이 마음
너를 생각하면 새처럼 작은 내 마음이 천둥처럼 떨려
나를 보면 초가을의 연두색 풋사과향이 난다고 했지
이제 너를 향한 이 마음 활활 불타올라 빨간 능금처럼 무르익었다

죄 없는 하얀 양도 하나님께 따지고 싶은 게 있을 거야
새빨간 늑대의 거짓말에도 뭉클한 이유가 있겠지
머저리 같은 이 사람이라고 무모한 사랑의 마음이 없을쏘냐
너를 생각하고 염두하며 하염없이 골몰하느라
내 생생하던 마음에 붉은 물이 들었다
이제 떨어지기 일보 직전
너무 익어 터질 듯한 이 내 마음을
한 움큼 베어 너에게 보낸다
겨울바람에 후두둑 추락하기 전에
나를 꼭 끌어안아다오

한꺼번에 망가져 탐나는

포괄적으로 빛을 잃은 것들의
조금 남은 작은 빛만 내 눈에 띄었다
언젠가 유례없이 찬란한 빛을 발했을
이젠 눈금자로도 잴 수 없는
그 좁쌀만 한 작은 빛이 나를 동요시켰다

부후의 마지막 몸살을 앓고 있지만
진화나 발육과는 무관한 너의 빛
생존이나 연명 그 자체
최후를 이미 알아버린 몸의 청량함
닳고 닳아빠져 아무도 살펴보지 않는 적요

오후의 궤도에서 만난
몰락하여 감칠나게 빛나는 별
존재의 귓불이 불그레
심장 속의 정맥피들이 쏴아아
일제히 기립하며 환호를 지른다

너를 만났다
이렇게 다른 중력 속에서
한꺼번에 망가져 탐나는

달음박질치다

그대에게로 달려가는 길
악령이 우글대는 13월의 검은 숲을 관통하는 데
천년이 걸리더라도 내겐 그저 찰나에 불과할 뿐인 시간

달빛이 오래된 성을 응시할 때
푸른 울새가 또로록 지저귈 때
땅속에서 곤히 자던 수선화 구근에서 싹이 틀 때
낡은 스토브 위에 올려둔 차가 다 끓었을 때
퀼트 조각보 이불을 얼기설기 깁다가

그때에
나는 참을 수 없이 당신이 그리웠다네

그대에게로 달음박질치는 길
비통의 강 아케론을 건너 서슬 푸른 혼령들에게
저승의 금화를 건네야 할지라도 내겐 달콤한 순간일 뿐

The king of pleasure

당신은 녹슬지 않는 은촛대
저속한 세상에 내리꽂힌 번개
별들의 긴박한 진동

당신은 투박한 내 영혼에 명중한 화살
궤도를 장악한 행성
타오르는 맥박

당신은 날 삼킨 주홍 비단뱀
오른손에 꼭 쥔 단도(短刀)
각별한 결정(結晶)

당신은 폭주하는 검은 조랑말
내 옆구리에 박힌 도끼
바로 짠 라임즙

당신은 상처 난 태양
봉긋하게 살이 오른 바람
만다린향 서혜부

당신이 이제 내게 왕림하시네
'기쁨의 왕'

황금빛 산책

하늘은 깜냥껏 푸르러 높고
열매들은 살이 통통 올랐으며
바람 또한 서러울 것 없어져
함부로 넘보지 못했던 그대 마음
탐하기 좋은 가을 오후

거미줄에 매달린 잠자리처럼
아등바등하는 일 잠시 멈추고
오늘, 황금빛 가을 강가로 산책 나서자

#2. Private eyes

이제 그만 눈을 떠봐

오늘 날씨가 너무 환하고 상쾌해
그러니 쥐도 새도 모르게
아무도 우릴 찾아낼 수 없는 곳으로 가자
창문은 잠그고 가자
훗날 큰비가 한참 와도 상관없도록

사이좋게 오래오래

전생에도 너에게 바라는 게 없었다는 건 반은 진실
먼 훗날에도 너에게 희망을 갖고 있다는 건 반은 거짓말

믿을 만해서 네게 믿음을 품은 게 아냐
믿을 수 있는 걸 믿는 건 '누워서 떡 먹기'
믿는다는 건 숨 쉬듯 그냥 믿는 것
결말이 계획된 배반일지라도 작정하고 믿어주는 것

진실은 지금 여기에 존재하는 게 아니라
어딘가에서 늘 흠씬 취해 제정신이 아닌걸

곧 허물어질 '모래의 성'에서 너와 극적으로 조우했을 때부터
네가 나와는 믹스될 수 없는 종이라는 걸
난 진즉에 알고 있었지

그러면 어때?
지금 함께 손을 잡고 걷고 있는걸
어쩌면 사이좋게 오래오래
끝없이 낭떠러지일지라도

It's not real

난 네 본심을 알고 싶었던 적이 없어
그저 이렇게 무언가에 빠져 있는 널
바라보는 게 내겐 적당하지

해일보다 더 무서운 건
네가 나한테로 범람하여
나를 쑥대밭으로 만드는 것
겁쟁이라고 비난해도 어쩔 수 없다

너를 처음 만났을 때부터
모든 건 싱싱한 비현실이 되었지
함께 머무를 수 있는 시간이
겨우 몇 분이라 할지라도…
괜찮아, 꿈에선 시간의 보폭도 황당해지니까

내가 너라는 기록을 완전하게 삭제할 수 있는 확률은
네가 사막에서 고래를 잡을 수 있는 확률만큼 미미해

너와 함께할 수만 있다면

너와 함께한다는 건 365일 두통
너와 함께한다는 건 밤낮으로 고열
너와 함께한다는 건 사금파리 위를 맨발로 걷는 것
너와 함께한다는 건 사계절 식은땀
너와 함께한다는 건 안주(安住) 불가능
너와 함께한다는 건 모험 불가피
너와 함께한다는 건 결코 미친 짓

아무렴 어때?
너와 함께할 수만 있다면
그렇고말고
지극한 마음만 있다면

나를 봐주는 살뜰한 눈동자가 있으니
우주 끝까지라도
우리만의 은신처에 닿을 때까지

Stay with you

사랑, 믿음, 소망보다
으뜸인 건 '실천'
당신과 내가 유일하게 또 무섭게 바랐던 건
'실천'
삶의 행간마다 들러붙어 우리의 피를 끈덕지게 빠는 거머리 같은 현실,
악마의 조롱으로 빚어진 간교한 방해 공작에도 불구하고
공모했던 모든 일들을 함께 실천하는 것
끝내 서로의 곁에 머무르며 완성하는 것

사로잡히다

만날 수 없거나 만나지 않아도
그대 소식 내게 닿을 길 없어도
어디에서인가 숨 쉬며 기꺼이 살아만 있어도
그렇게나 좋을 사람이 있다

캄캄했던 내 영혼의 눈을 번쩍 뜨게 만든
그대라는 기이한 괴물한테 사로잡힌 탓에
그대의 존재감이 내겐 너무나 벅차
그대를 털끝만큼 생각하는 것만으로도 숨이 가빠

결국 그대가, 날 사랑하기에는 글러먹게 생긴 존재일지라도
그대는 이미 내 머릿속을 온통 점령하고 있는걸
난 나를 완전히 잠식하고 있는 그대를
내게서 몰아낼 묘책도 전혀 없으니…

이 모든 사랑이
왜 멈추지 않을까

난 정말 형편없어
너한테 빠지지 않으려고
죽을 듯 안간힘을 쓰고 있으니 말이야

넌 정말 형편없어
나한테 사로잡혀 있는
네 마음을 도리질 치며
계속 망설이고 있으니 말이야

이 모든 괴물 같은 사랑이 왜 멈추지 않을까
이리 어느 때에나 사랑을 해야 한다고 얘기하잖아

한밤중에 양 떼들이 온 방 안에 가득 차면
넌 내 꿈속의 네 곁에서 빙긋 웃고 있는 나를 깨우도록 해
나도 네 꿈속의 내 옆에서 딴청을 부리고 있는 너를 깨울게

함께 어디로든 도망칠 수 있을 거야

붉은 심장에서 꺼내고 또 꺼내도
줄어들지 않는 나의 마트료시카
너와 함께…

* 강조된 부분은 '모조소년'의 허락을 받아 「사랑과 질투」 가사 중 일부를 인용했습니다.

합주

나는 여기서 '도미솔'을 켤 테니
너는 어디에서라도 '레파라'를 쳐다오

지난 사랑은 격랑이었고
불협화음이었으며
격렬한 독주였다면

지금 이 사랑은 온유한 협주
아지랑이처럼 아른거리는 멜로디
너와 나만이 만끽할 수 있는 독자적 하모니

연주가 끝나기 전에
마음이 마음을 바꿔먹지 않는
잘 여문 행성에 도착할 거야
그때에 우리 둘이 '시'를 연주하자
영원히 물크러지지 않는 합주를…

나라는 선물

언제나 가까이 네가 있어도
나는 네가 모쪼록 늘 궁금해서
네 기묘한 마음에 망원경을 들이댄다

사람 많은 곳에서도 네가 없으면
인적 끊긴 거나 다름없다는 거
그러니 너 언제든 나 외롭게 홀로 두지 마
자꾸 널 그립게 만들지 마

올겨울엔 내가, 당신에게
착한 일을 많이 했다고 주는 산타의 선물,
크리스마스에 받은 제일 기쁜 선물이 됐으면 좋겠어

프리즘 점보 피시 하우스

우리 집이 생겼어
프리즘 점보 피시 하우스
거인족의 바다에서 잡은 거다란 물고기로 만든 거야

고물상 아저씨 창고에 보관했던 물건을 다 찾아오자

서식스의 육촌 형에게 얻어 온 식물 표본용 압연기
70일간 매일 해 질 무렵에 깎아 만든 계피나무 피리
무시무시한 와족의 광산에서 캐낸 흑요석
이르쿠츠크 해협에서 건져 온 소금 제조기
열대의 녹렴석으로 만든 체스판
3천 개의 노랫말이 적힌 양피지 뭉치
그리고 네가 10년 전에 담가둔 엉겅퀴꽃술

이젠 혼자 모험하지 않을게
바다와 대지 위 어느 곳에서나
너와 함께 있을 거야

이 마을에서 7년,
분홍색 구름이 풍성한 서식스에서 7년

풍력 발전소가 보이는 갈림길 위에서 7년
그리고 나머지 시간들은 바다 위 수평선 부근에서
함께 보내자

와, 프리즘 점보 피시 하우스
우리 집이 생겼어

유랑악단

곡마단장은 곯아떨어졌고
아코디언은 달빛을 받아 반짝거리고
마술사는 은피리를 깎고 있다네
피에로는 자전거를 타고 강 위를 주름잡고
붉은곰과 인도코끼리는 철판 위에 누워
가을 별자리를 가늠하고 있다네

그렇게나 잘 떨어지고
그렇게나 매일 취해 있고
그렇게나 유치하고
그렇게나 굵은 눈물방울을 흘리고
그렇게나 한데서 잠이 들고
그렇게나 아무것도 기억하지 못하고
그렇게나 매를 맞으면서도
항상 참기 힘들다는 듯이 입을 크게 벌려 씨익 웃어줘서
줄타기 전 나를 보고 활짝 웃음을 날려주어서
나는 견딜 만하다오

당신은 곡마단의 어수룩한 피에로지만
오늘도 룰루랄라~ 휘파람을 분다네
그러니 피에로, 이따가 불 꺼진 유랑악단 앞으로 나오시오
오늘도 한잔해야지
집시의 주막에서 싸구려 보드카를 훔쳐 왔거든

육체에 새기다

따뜻하고 말랑한 육체의 도화지 위에
한 땀 한 땀 새겨 넣는 염원,
까마득한 과거로부터 은밀하고도 낭당하게 자행되던
선택된 고통으로 봉합된 희락

칼집을 낸 후 재와 모래를 비벼 넣거나
뾰족한 유리로 흠집을 내거나
불로 달군 막대기로 생채기를 냈던,
반흔(瘢痕)의 징후

숯, 독수리의 털, 식물의 가시,
유연(油煙), 피마자유, 바늘…

그리고 잠깐의 망설임과 후회도 없이
번데기에서 깨어난 모르포 나비 한 마리가
내 어깨에 내려앉았고,
라파엘 천사가 네 등을 점령했다

너와 나의 영원한 결탁을 증명하는

육체에 새기다

Open your eyes

이제 그만 눈을 떠봐

오늘 날씨가 너무 환하고 상쾌해
그러니 쥐도 새도 모르게
아무도 우릴 찾아낼 수 없는 곳으로 가자

창문은 잠그고 가자
훗날 큰비가 한참 와도 상관없도록

하루 종일 걸어 다니다가
겨우 작은 구멍가게를 발견했을 때
그걸 발견한 것만으로도
너무나 행복해지는
그런 적요한 곳으로 가자

운동화 끈은 단단히 조여 맺겠지
우울한 내일을 동여맨 끈도 모두 풀어 헤쳤겠지

어서 눈을 떠봐
오늘 날씨가 무척 맑고 명랑해

아무도 우릴 찾아낼 수 없는 곳으로 가자

Happy ever after

거봐, 동남쪽으로 떠나오는 게 맞았어
울탄 이 녀석도 바다 냄새를 맡은 게 틀림없다니까
걸음이 사뿐사뿐하잖아

배 위에서 갸름한 상현달을 보면 기분이 정말 찬란해질 거야
거기서 같이 꿈의 퍼즐을 다 맞춰보자

그럼 우린
해를 정면으로 바라볼 수도, 바람을 베고 잠들 수도 있고,
구름을 요리할 수도 있을 거야
그리고 하늘에서 내리는 차갑고 보드라운 빗방울도 만질 수 있겠지

그동안, 꼼짝하지 않고
'아주 옛날의 기억들 속에서만 살아왔다'고 말을 했는데,
그건 거짓말이야
망설이지 않고 말해줄게
"넌 나와 아주 다르지만 네가 내 옆에 있어서
100년 동안 계속 짜릿하게 모험을 할 수 있을 거야"

영혼의 눈을 떠

바다가 그 출렁임을 멈추지 않듯
우리의 음악도 멈추지 않아
흐르는 구름이 변화무쌍한 모양으로 발전하니
우리의 음악도 미래로 약진한다
세월이 낡은 모직 코트처럼 해져도
우리의 노래는 언제나 낯설거나 새로울 테지

내가 노래를 만드는 건 언제나 내 음악을 섭취해줄
네 두 개의 달팽이관이 있기 때문
오로지 한 사람만을 위한 멜로디를 만드는 건
네 심장만 알고 있는 내 숨겨진 작업

훗날,
세상의 모든 소리가 서로를 포옹하는 노래가 만들어지면
감겨진 네 영혼의 눈도 번쩍 뜨이게 될 거야
함께 보게 될 세상이 좀 더 눈부셔지면 좋으련만…

I lost my guitar

사랑은 보름달 뜬 저녁, 봄 바다 위를
어기여 디여라 떠내려가는 정처 없는 조각배 같은 것

내게 진정으로 필요했던 건
나처럼 속절없는 친구였다
슬리퍼를 끌고 나가 말없이 별을 보며
휘파람을 불 수 있는
속닥이는 즐거움을 밤의 노곤함에 빼앗길세라
찬 윗목에 드러눕는 철없는 벗
우리의 붕괴된 천국에 대해
아직도 설레하며 흥분할 수 있는 놈

벗이여, 내 잃어버린 기타를 찾아 퉁겨다오
투명한 나일론 기타의 선율이 북서풍을 따라 흘러
계절은 꿈에 절은 봄으로 바통을 넘겨줄 테니
옛 집시의 낡은 주술처럼 오래 묵은 선율이
우릴 또다시 발정 나게 할 테지
나 이제 흥건한 사랑에 엎어진 벗을 바라만 봐도
흐뭇하거나 기분이 좋아 덩실덩실 춤추게 되리라

제5계절

따끈한 우유, 초록색 능금,
남극에 내리는 분홍 눈, 까만 물고기와 닮은
나라는 미스터리에 발을 디딘 이싱
넌 어쩔 수 없이 내게 빠져들고 말 거야

사계절 어느 지점에서도
내 마법의 포위망을 빠져나갈 순 없으니까
방심하는 사이
넌 제5계절의 마수에 걸려든 거야

이젠 꿈에서라도 헤매거나 엇갈리지 말도록

곧 알게 될 거야
너도 날 미치도록 원하고 있음을…
어지러운 듯 아찔한, 내 마법에 걸려든 걸
후훗~

월화수목금토일

오래전
세상은 온통 환하게 빛났고
만물이 아름다웠으며
계절은 꽃 피는 6월에 머물러 있었지
그때에 어리고 호기심 많던 나는
사랑이 거추장스러웠네
네가 내 곁에 존재한다는 걸 까마득히 모른 채

훗날
화요일엔 사랑이 나를 찾아올까 봐 두려웠고
금요일엔 눈부신 사랑이 다시 내게 오지 않을까 봐 가슴 졸였지
동서남북에서 부는 바람을 홀로 맞고 있는 나를
일요일의 꿈속에서 바라보는 게 종종 서글펐어

사랑을 찾아
미친 듯이 헤맨 적 없으나
사랑을 훨훨 놓아준 적도 없었네

오늘
내 곁에 네가 있다는 게 믿어지지 않는 날들,
붙잡을 필요 없는 네가
월화수목금토일 항상 내 곁에 존재했구나

#3. Bitter sweet, strange love

우린 왜 이렇게 서로 다르면서
또 왜 이렇게 서로 닮았을까

이글대는 태양 폭탄이 천지사방을 후려치는
사막의 핵으로, 너와 함께 간다
어디로 어떻게 가야 할지 종잡을 수 없다

너라는 기이한 운명에 명중되어,
앞으로 간다

다시 말하자면,
이건 심장이 시킨 일이다
너에게 좌초된 일

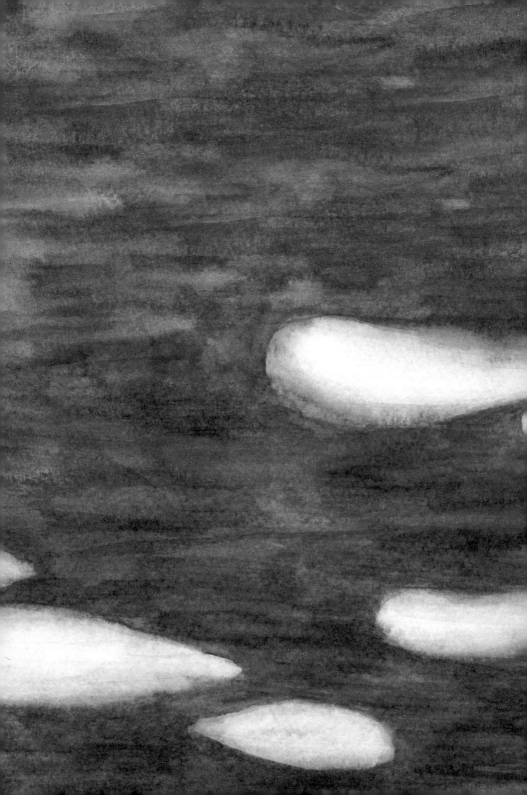

명왕성의 하품

붉은 자두 같은 피멍이 심장에서
점점 확장되는데
명백한 고통이 죄악처럼 붉어지는데
그걸 차단하기 위해 '명왕성의 하품'이나
'요실금 시스터스' 따위의
가벼운 비트만 골라 씹는다

넓게 생존하면서
깊이로 침입하지 않는 건
상실이 두려워서가 아니야
어색함이 탄로 날까 봐 그렇지

진실을 추출하는 건 어차피
감당하기 힘든 사치
감정을 절약할 필요가 있어

언제나 한자리만 맴도는 회전 그네
착지 지점을 못 찾는 낙하산
뒤춤엔 총을 감추고…

어쨌거나
현실적인 안락함을 윤색하며
'사랑해'라는 진부한 말을
발작하지 않아줘서 기특해

기다리는 의자

너의 싸늘하고 옹색한 마음은 나를 돌아보지 않는데
잭의 콩나무처럼 쑥쑥 자라버린 나의 마음은

너의 차갑고 신랄한 눈은 나를 바라보지 않는데
바오밥나무만큼 커져버린 그리움은

세상 어디를 가도 네가 눈에 밟혀
마음은 온통 너를 향해 달리기
죽을힘을 다해 마라톤

이제 더 이상 걷거나 서 있을 힘조차도 없어
낮은 아몬드색 구름의 등을 밟고
이렇게 앉아서 너를 기다려

구름 혹은 낙서 같은

구름 같은 사랑을 하기로 했다
바람이 흐르는 대로 천진하게 떠돌아다니며
무엇을 관통해도 해를 끼치지 않는,
태양의 화살을 가려주거나
삶의 곤고함을 깃털처럼 감싸주기도 하는
부피 없는 구름 같은 사랑을…

칠판에 끼적이는 낙서 같은 사랑을 하기로 했다
영원을 맹세하는 허튼수작 없는
유통기한, 보존력 제로인 사랑
내키면 썼다가 어느 때에든 휘휘~ 지울 수 있는
낙서 같은 사랑을…

밭에 씨 뿌린 적 없으면서
지는 꽃만 뚱하니 바라봤으면서
'그깟 사랑, 작황 좋을 리 만무'라고 너는 말했지
그러나 편도체를 무력화시키면
모두 다 가능한 일이 된다
구름 같은,
칠판에 끼적인 낙서 같은 사랑

어쩌면 여긴 천국

그는 여전히 온몸이 축 늘어진 채로 자꾸 눈을 감았다

공기의 돌연한 흐름, 바람의 다른 온도,
구름은 불규칙적으로 뭉쳐졌다 흩어짐
아주 느릿하거나 순식간에 모든 게 확연하게 깨달아지지
말로 애써 표현할 순 없지만 어쨌거나 명백한 그 무엇
존재감은 언제나 기억이나 상상 속에서만 표면장력이 생긴다

죽은 척, 잠든 척 그만해
이곳은 계속 잠들 곳으로 마땅치 않아
아무도 더 이상 너를 괴롭히거나 해치지 않을 거야
네가 네 영혼을 자해하는 고질병만 멈춘다면…

감지하지 못했을 뿐 늘 존재하던 평화,
쳐다보지 않았을 뿐 우리 곁을 늘 떠다니던 구름
자, 눈을 떠 어쩌면 이곳은 천국일지도 몰라
어차피 우리는 천국으로 돌진할 수밖에 없는
쾌를 가지고 태어났으니

그리하여 타오르는 얼음으로 이루어진 우리들은
언제나 뜨겁거나 차가워죽겠는 가운데
그 모든 과업을 이룩하게 될지니…

협조

차라리 안 보는 게 백번 나을지도 몰라
그 잘난 사랑에 급체하지 않으려면
이제부터 두 눈을 질끈 감도록 하자
연애의 달인을 수발드는 것만으로도
환호작약했던 아마추어 시절은 이제 통과
댁한테 골몰하며 아둔한 달빛과 함께
새벽을 사르던 일도 이제 그만

또다시 네 기분에 따라 치솟았다 추락하는
이퀄라이저가 될 순 없다
네 부츠 뒤축만 보고도
가슴 떨리는 시즌도 막 내렸다

네가 나에게 진심을 기울인 적 없으니
나도 한눈파는 방법을 속성으로 배웠지

이제 너와 동행하는 여행을 꿈꾸지 않아
혼자 배낭 꾸리는 법을 배웠으니까

난 이제 너의 사랑을 얻기 위해
맨발로 헌신하지 않겠다
대신
나를 사랑하는 데 협조하기로 했음

심장이 시킨 일

너와 마주 보게 되는 순간,
내 평온하던 홍채는 깨져버리겠지
너를 껴안는 순간,
내 전신은 미지근한 피로 흥건해지겠지

나는 너 같은 혼탁한 종과 단 한 번도 연대한 적이 없어
그래서 나는 매일 너에 대해 함부로 생각했다
나는 매일 너라는 진실을 납득하지 않았다

우린 왜 이렇게 서로 다르면서
또 왜 이렇게 서로 닮았을까

이글대는 태양 폭탄이 천지사방을 후려치는
사막의 핵으로, 너와 함께 간다
어디로 어떻게 가야 할지 종잡을 수 없다

너라는 기이한 운명에 명중되어,
앞으로 간다

다시 말하자면,
이건 심장이 시킨 일이다
너에게 좌초된 일

완벽한 중력

다 알고 시작했지?
언제나 네 곁에 있으면서
내가 너를 정면으로 바라보지 않으리라는 것을

다 알고 시작했던 거야
잡은 손을 끈덕지게 놓지 않으면서
내가 다른 호흡을 탐해도 방관하리라는 것을

다 알고 시작했음으로
널 의심하지도 증오하지도 천착하지도
않으리라는 것을

그런데 말 안 해도,
서로 이거 하난 확실히 알고 있지
서로의 존재를 서로만큼 완벽하게 장악하는 중력은
태양 뒤에서도 찾지 못하리라는 것을…

눈물커피

네가 혼곤한 아침을 깨우며 마시는 모닝커피는
전날 밤 내 눈물로 드립한 것인 줄 알아라
나른한 오후 3시에 네가 홀짝대는 홍차는
오전의 내 그리움을 우려낸 것이로다
너라는 삭풍으로 인해 온종일 흔들리던 나는
어느덧 구름으로 뭉쳐지다가
이윽고 비 되어 메마른 대지를 적신다

여우의 약삭빠른 전술로 노련히 사랑을 셈하는 당신
나 언제든 당신에게만큼은 자나 깨나 한결같은,
사시사철 우직한 미련곰탱이로 그대에게 임하리라

꽃과 나비

살아생전 오래오래 사이좋게
영원토록 썩거나 상하지 않는 마음으로
매일 쉬지 않고 함께하자더니
정오의 명랑한 햇살도
흰 새벽에 뜬 수척한 달도
우릴 보며 질투에 여념 없었는데
너 때문에 남부러운 적이 한 번도 없었건만

여릿한 봄바람에 맥없이 시들 줄 누가 알았나
지는 꽃보다 쉽게 이 사랑 질 줄 나는 몰랐네

이생에선 다시 가담하지 않으리라고
어제와 오늘을 지나 내일도 나완 상관없을 거라고
서럽고도 외로운 날들은 슬로 퀵퀵 지나가려니
어수선하기 짝이 없는 계절의 변화에도
깊은 땅속 검은 흙처럼 미동도 없이
구름은 헛기침을 하며 측은한 맘을 감추곤 했네

그렇게 봄이 되는대로 나를 지나치는 줄 알았더니
예고도 없이 나비처럼 살랑살랑 날아든 사랑

꿈꾸는 망명

불가능한 일일지도 몰라
너를 두고 이곳이 아닌
저곳으로 망명하는 일

운명이란 스스로 꾸는 꿈의 다른 이름

살아남기 위해서는 팔 한쪽을 자르는
무모함이 필요할 때가 있지
혀를 깨물고 번지점프를 할 필요가 있지
끈덕진 여름비가 추적추적 내리기 전에
이제 자리를 털고 일어서서
앞으로 가자

어차피 세상 끝 어디로 도망쳐도
도처에 네가 존재하겠지
처처에서 네가 눈에 밟히겠지
천년 동안 눈을 감고 깊이 잠이 들어도
정작 사라지는 건 네가 아니야
시간이 창백해질 때까지
내 슬픔의 뉘앙스를
행복으로 윤색하려는 것일 뿐

네가 여기서 나와 무관하게 살아 있음을
난 후생에서도 섭섭해 하지 않을 거야

하염없는 허구

네가 무슨 말을 중얼대는지
들릴 듯 말 듯 어렴풋하게 들리지 않았음으로
네가 대체 어떤 마음을 품어
이리저리 뒤척이며 갈피를 못 잡는 건지
도무지 알 수 없었음으로
네가 지향하는 건
너 자신도 진위를 파악할 수 없는 하염없는 허구인가

내가 너 사는 골목 어귀에 어렵게 도착했다
너 입에 칼을 물고 있든지
멀리 도망치려 신발 끈을 동여매고 있든지

나 이제 홀로 긴 나날을 곤혹스럽게 떠돌던
정처 없는 그리움에서 파양되리라
나 네게 경고하건대
너 나에게로 직통하든가 떠나가라

나 오늘까지만 너에게 언짢으리라
내일부터는 내 멋대로 살리라

뜬 눈으로 눈 감기

새 양말을 신고 뛰어보자 팔짝
더러워지면 갈아 신거나 빨면 되지 뭐
어차피 모든 건 시간이 흘러
명백하게 후줄근해지기 마련
시들해진 보폭을 애써 맞추려는 건 치졸한 패턴
선수들이 구사할 권법은 아니지

그럴싸하게 보이도록 전력투구하는 시즌이 지나면
찬란히 가장할 필요가 없는 계절이 오고
새것은 반드시 헌것이 된단다
눈 감아도 아른거릴 땐 인정하기 힘들지

지조 없이 구는 것들이 나는 참 좋더라
그 변함없이 비천한 속성이 참 마음에 든다니까
더 이상 망쳐질 게 없는 그 번듯한 표피
그걸 청순하게 쫓는 단출한 기쁨

세상에나 토끼가 저리 많이 깡충거리는데
두세 마리를 한꺼번에 포획하고 싶어 하는
그 뻔한 욕망을 그 누가 함부로 말리겠는가
멀쩡히 뜬 눈으로 화끈하게 눈 감아줄게

Strange love

네가 거기서 애를 쓴다고 사랑이 변하진 않아
내가 여기서 딴전을 피운다고 사랑이 식지 않는 것처럼

이상하게도 사랑은 언제나 다른 계절에서 손을 내밀지
겨울 다음으로 봄이 오는 게 너무 큰 비약인 것처럼

너, 내 것까지 견디려고 하지 마
이 간격을 유지하는 것도 나쁘지 않아

Halloween

시월의 마지막 날 새벽,
그대의 서늘한 눈빛을 닮은 달을 보고 흘린
진득한 눈물이 발바닥을 적셨지
너무 달아서 머리를 지끈거리게 만드는
사탕발림은 이제 그만
그것과 함께 보내주는 달리아 꽃도 이제 사양

안개로 빚어진 내 영혼이 어디론가
정처 없이 흘러가고 있네
유령들의 함성과 망루로 둘러싸인
꿈속에서 탈출하여
흰 뼈로 만든 비명 어린 전보를 친다

십일월의 마지막 날
성자들이 부활하기 하루 전날
태초에 나를 일깨워주었던 그 노래가
희미하게 들려오는 곳으로
브로켄산의 파수꾼이 나를 데리러 왔다
영혼의 그림자를 팔아
영원으로 가는 형식을 매입하라고
나를 죽이거나 그대를 되살리라고

하얀 백일몽

넌 잠들지 말라고
잠들어버려 전래동화의 줄거리처럼
잠시라도 아련해지는 게 싫다고
꿈의 미로에서 영영 네게로 돌아오는 길을
잃을 수도 있다고 중얼거렸지만

세상에나 수면이 천국이야
네 생각뿐만 아니라
모든 생각이 잠시라도 멈춰지니까

내 꿈에 옷깃도 스치지 마
모든 걸 생략하고 잠시 쉴 시간이 필요하니까

넌 항상 녹슨 거울을 뒤춤에 숨겨두고 있지
낡은 햇빛을 모아 나를 태우려고?
그래, 차라리 달아나는 것보다
재가 되는 게 나을지도 모르지

하얀 백일몽에서 복귀하기 전까지
나를 가만히 내버려둬

잠에서 깨어나면
극렬히 앞서가는 너를 붙들어
보폭을 맞추고
구체적인 비극이나 희극을 만들어볼 테니

Heaven and hell

널 놓는다면 언제든 천국일 텐데
영원히 불멸의 지옥을 붙들고 있을 거야, 난

널 놓는다면 언제든 평화일 텐데
영원히 끊임없이 전쟁 중일 거야, 난

시종일관 변함없이 가혹하게 빛나는
'너'라는 존재 양식 때문에…

Real ego

생각은 늘 회오리바람처럼 소용돌이치고 있었어
줄거리를 설명할 수 없는 꿈속의 악몽만 명료했지
문장은 비굴한 백수 세입자인 양 결국 아무 힘도 없었고
말은 입에서 꺼내지는 순간 본래의 의미를 잃었지

사람들은 자기가 믿고 있는 걸 현실이라고 생각하는 것 같아
아니, 사람들은 사실이 아닌 걸 믿고 싶어 하는 거겠지

그럼 믿음에 대해서 얘기해볼까
우린 무얼 믿으려 했을까
마음에 드는 것만 저장하는 기억?
무얼 애써 믿고 싶었을까
우려하는 일은 절대 발생되지 않으리라는 거짓 안심?
순간의 환희가 영속되리라는 헛된 기대?

아직도 살아 있다고 믿는 죽은 영혼들이 끊임없이
생생한 조소와 눈물을 발산한다
그러니 살아 있다는 건 떠도는 파도처럼 비현실적인 것

너를 알고 나서 내게 에고가 있음을 겨우 깨닫게 되었다

너의 몰락은 투명했고 타락은 텅 비어 있었지
내가 사로잡히기 딱 쉬운 뉘앙스였어

너를 조롱했던 이유는 내 부조리가 역겨웠기 때문이야
그러니 진실은 애써 증명할 필요가 없는 것
어차피 우린 본질에 잠깐이라도 닿았으니까

알레르기

코끝이 찡하고 재채기가 울컥
계절이 바뀔 때마다
집요하게 따라붙는
그대라는 알레르기

피가 나도록 긁어도
소멸되지 않는 이 갈증
사시사철 언제나 쓰라린 내 영혼
전신을 온통 쩍쩍 갈라지게 만드는
그대라는 아토피

그대는
나를 적요하게 만드는
무덤 위의 쌉쌀한 별빛
촘촘하게 일렁이는 파도
달의 폐를 움켜쥔 악력

라일락 잎의 쓰디쓴 달콤함
파르르 떠는 수류탄

너를 빼놓고는
내 미래의 추억이
치료되질 않아

님을 쫓아

님아, 어디에 있나
숨어봤자 소용없어
화살은 활시위를 떠났고
나도 너를 하염없이 쫓고 있다

오락가락 온갖 뭇 새도
농춘화답에 짝을 만나 뒹구는데
나는 외로이 님 찾아 떠도네

님을 찾다 벼랑 밑으로 떨어지면 어떠리
그대 향해 달음박질치는 맘 멈출 수 없네

허나, 나를 태운 이 아둔한 녀석
애끓는 내 속 아는지 모르는지
엉금엉금 내 맘 같지 않구나

사방 천지에 님 보이지 않고
나는 오늘도 오매불망
그대를 찾아 이토록 헤매는데…

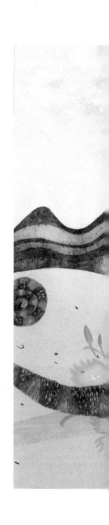

발신인 불명

사랑이란 이름으로 누군가가 실종된 후에
저잣거리에서나 머나먼 외계에서라도
사랑이 불현듯 찾아오지 않기를
악몽에서 재현되는 추억으로라도
사랑이 재생되지 않기를
몸을 앓다가 자기 연민에 젖어
사랑을 덥석 껴안게 되지 않기를
간신히 유지되던 평화가 사랑으로 깨지지 않기를
빌고 또 빌었네

그 바람은 하염없이 허망한 일이었을까
아님, 과도한 허욕이었을까

사랑이란 해괴한 두 음절이
내 영혼에 괴물 같은 흉터를 남겼을 때
사랑이 다시는 나와 인연 되지 않기를
사랑 때문에 다시 숨죽여 울지 않기를
사랑으로 인해 망설이거나 한숨 쉬거나
사랑을 핑계 삼아 자신을 망치거나
애끓거나 불안으로 잠 못 이루지 않기를
아… 사랑 때문에 다시 그토록 설레지 않기를…

사랑이란 이름의 괴수에게
이젠 동요되지도 붙잡히지도 않을 테다
다짐 또 다짐을 했네

그러나 운명은 가혹하기도 하지
육지에서 살 수밖에 없는 사람에게
바다에서 살 수밖에 없는 사람이
사랑이라는 이름으로 배달되었네
발신인 불명인 채로…

물끄러미

이 사람의 마음엔 폭탄이 들어 있다
레이스로 만든 리본을 풀면
가둬뒀던 사랑이 즉각 폭발할지도 모른다
당신 곁에서 늘 얼쩡거리는
이 영혼의 외로움엔 뜬눈으로 지새운
숱한 밤이 낚여 있다
당신을 물끄러미 바라보는
꼭 닫힌 입술 안에는
서러운 마음의 사정을 꾹꾹 퍼 담은
단어들이 아우성치고 있다
당신 앞에 희뿌염하게 나타났다
몽롱한 구름 사이로 흐려지는 이 사람은
유령인가, 아님 거울 안에 고여 있는
그리움의 다른 모습인가

#4. Farewell goodbye

이젠 숨이 차질 않아
명치끝이 아리지도 않아
저리던 영혼의 맥박도 안심

위대하게 빛났던 유산
번뜩이던 호기심
과장된 과거분사
모두들 굿나잇

천천히 한 번도 멈춘 적 없이
잠자는 것처럼 조용히

하얀 주문

밤마다 백지장 같은 종이 달의 하얀 비명을 들었어
밤마다 하수구를 통해 에게 해로 빠져나가는 비밀 지도를 손톱에 그렸어
밤마다 숨죽이며 별들이 기침하는 걸 보았어
낮에는 하얀 거짓말이 탐스럽게 번식했지

그곳에서는 푸른 눈물이 발을 헛딛지 않겠지?
붉디붉은 십자가가 거짓 안식을 예언하지 않겠지?
맨발로 서성이는 설움도 없겠지?

하얀 주문을 외웠어
아무도 그립지 않게
죽음을 비웃지 않게
누구도 저주하지 않게

마음귀머거리의
하얀 잠
선인장이
조용히 발육하는
하얀 평화

정원에 묻은 작년의 진심

Good morning.

있잖아, 작년에 정원에 묻은 것들 기억하니?
반쯤 썩어가던 네 사랑니와
너와 내가 함께 베고 자던 베개
두 줄이 끊어진 너의 기타
내 작고 낡은 하모니카
또 뭐가 있었더라?
네 뒤통수에서 잘라낸 뻣뻣한 머리카락
내 심복 같았던 2B 연필 열두 자루
그 시시한 흑마술 교본책
자꾸 우릴 따라다니며 잔소리를 해대던 먹구름

넌 모를 거야
그때 너 몰래 내가 한구석에 심었던 것을…
그토록 소중한 것이니까 네가 알아차릴 수 없도록
정원에 심어놓았던 내 진심을…

지금 이 정원엔 고수풀과 사시나무, 세이지와 함께
작년에 네가 나 몰래 심었던 환타 같은 웃음이
싸아하게 떠돌고 있어

Good evening…
넌 지금 어디서 뭘 하니?

이별의 속도

내가 너와 아무 상관이 없었던 적 있었던 것처럼
다시 너와 내가 만나지 않았던 상태로 되돌아가는 것뿐
지금에 와서 슬픔을 흉내 내는 건
눈 가리고 '아웅' 하는 것만큼 구차한 일이지

사랑이 빛의 환한 속도와 발맞추는 거라면
이별은 어둠의 막막한 가속도와 비례하는 것

난 널 만나기 전, 책가방 맨 아이로 회귀할 테니
넌 시간의 속도를 뛰어넘어 세속의 어른이 되거라

너를 처음 만났을 때
나를 향해 웃는 네가 너무 눈부셔 눈을 감아버렸지
눈을 뜨거나 감아도 네 형상은 늘 또렷했지
어둠과 빛이 한통속이었지만
그것들은 사랑을 품은 내게 무력했지

이제 내 마음에는 어떤 형상도 맺히지 않아
너를 감지할 수 있는 모든 빛이 사라졌으니까

이별이 사랑의 속도를 앞질렀으니까
어둠이 빛을 온전히 장악했으니까

너를 잃고
빛의 속도를 넘어선 영원한 어둠을 바라본다

이별의 능력

너의 뒷모습을 먼발치에서만 봐도
귓불이 빨개질 때가 있었는데
어느 날엔 처음 보는 사람처럼
웃는 네가 참 낯설다

너에겐 꾸깃꾸깃한 내 흠집을
온전히 드러내려 했는데
너는 온종일 가면을 쓰고 있구나

못된 사람
너 앞에서 난 늘 하염없이 천치
하룻밤 눈 감았다 뜨면
사라질지도 모를 사람

말없이 등을 쓸어주며
존재를 위로해주는
시린 영혼의 무릎에
따뜻한 손을 얹는
사랑은 왜 그리 어려운 걸까

떠들썩한 사랑을 바라는 게 아닌데
사랑보다 이별이 쉬운 건
사랑의 능력보다
이별의 능력을 타고났기 때문인가

Dive into the world

절망의 면발이 굵어져서 이젠 그 어떤 채로도 걸러낼 수 없다고 했지
미래에 대한 조바심을 패치워크하기에도 지쳤다고 했지
사랑은 게슴츠레 초점을 잃고
한 번만 더 살면 현재를 참아줄 수도 있었을 테지
알코올을 과잉 섭취하면
태양이 가장 아름답게 피 흘리고 있다는
모하비 사막의 선셋이 아른거렸지

가진 게 꿈밖에 없었던 스물
서른 즈음에 다다라 실현될 줄 알았던 꿈
아토피처럼 도지는 이 꿈을
피 나도록 긁는 게 이젠 지겨워
부질없는 욕망의 과오를 뉘우치며
돌이킬 수 없는 미래가 될지라도

친구야, 내가 너에게 떠날 의지를 펀딩해줄게
렌트카에 디젤 가스도 가득 채웠지?
푸른 딸기잼을 바른 샌드위치도
정교하게 세공된 지도도 트렁크에 있다

이랴, 떠나자!

골목 유목민

골목의 어귀 와자한 주점에서
나 그대를 기다렸네
술을 석 잔 들이켠 후
덧니를 드러내며 환하게 웃는 나를
그대는 허망한 눈으로 바라봤지
그대 얼굴의 폭 팬 보조개를
그 한 점의 천국을 볼 수 없어
나 서글펐네

오늘도 술에 취해 비틀거리며
춤을 추다가 쓰러진 그대를 업고 걷는다
이 골목이 영원히 끝나지 않았으면…
이른 아침 잠든 말을 깨워
너를 싣고 산맥을 넘어야겠다
국경을 지나 사막에 다다랐을 때
덧니와 보조개는 서로를 미친 듯이 탐하게 되리라
사막을 넘어 북극에 도달하면
우린 대륙이 인정한 연인이 되리라

눈을 뜨니 그대가 연기처럼 사라졌네
그날 이후로 이 골목에서
그대의 보조개를 본 이는 아무도 없었네
계절이 백번 바뀌어도 그대가 다시
이 골목에 등장하지 않으리라는 걸
너무 잘 알고 있다는 비극

이제 나이 들어
불량한 가스등처럼 정신이 자주 깜빡거리니
내가 사랑했던 게 그대였던가
그대의 보조개였던가
아님 이 골목의 보도블록이었던가
주점 앞에서 바라본 노을이었던가

내 생의 건기와 우기를 모두 이 골목에서 맞이했지만
그대가 떠난 이후로 내 영혼은 하염없이 방랑하는 중

오늘 밤도 베개를 베지 않고 잠을 청한다
너무 깊이 잠들어 너를 싣고 오는
말의 발굽 소리를 놓치게 될까 봐

오늘 밤도 흐느끼지 않는다
웃을 때 보이는 내 덧니가 이 세상에서 가장 멋지다고
지난 세기에 그대가 내게 속삭인 적 있으므로…

Return to the base

망설일 필요 없어
돌아갈 시간이 임박했을 뿐
이제 '굿바이~' 손을 흔들며
마침표를 찍어야지
녀석은 예정대로 귀환한다
그건 수많은 판례에 의해
검증된 도돌이표

돌아가기 싫어하는 새벽 하늘색의 눈빛을 보인다 해도
그건 너의 착시에 불과해
보내기 싫은 너의 마음을, 녀석의 눈동자에 투영시키지 마
붙잡고 싶은 마음을, 녀석의 숨소리에서 읽어내지 마
육지에서의 뭉클한 시간들은 이제 디 엔드

그러고 보면 바다는 번번이 친절하기도 하지
풍부한 파도는 이별을 삼키기에
만장일치로 적당한 장소

Walking away

몸이 일으켜지질 않았어
너와 함께 있으면 너무 따뜻해서
난 자꾸 담요 같은 네 품으로 파고들었지
우린 똑같은 꿈을 꾸는 쌍둥이라 믿어 의심치 않았지
너와 함께하는 것 외에는
도무지 다른 방법이 없다고 생각했어

스산한 겨울비 내리던 어느 날
사흘 동안 아무 말 없이 나를 떠났다 돌아온
네 눈동자에 낯모를 상이 맺혀 있음을
난 너무 빨리 알아차리게 됐어

그때 난생처음으로
네가 달아오른 라디에이터처럼
영원히 날 덥혀줄 순 없다는 생각이 들었지

돌아보니
나는 눈도 귀도 몸도 다 멀어
너 없이는 아무것도 할 수 없게 되었더라

동이 트기 전에 무릎을 펴고
나를 옴짝달싹 못하게 하던
네 체취에서 벗어나리라

영혼까지 멀지 않아 참 다행이야
혼자라도 씩씩하게 도래할 미래에
시동을 걸 수 있게 되었으니…

Drift

천천히 한 번도 멈춘 적 없이
달빛도 태양도 머문 적 없는
남서풍 따뜻한 바람만 세 줄기

윤달에는 우리의 배에
구름과 빗물을 양식 삼는
바이올렛도 피어나겠지

이젠 숨이 차질 않아
명치끝이 아리지도 않아
저리던 영혼의 맥박도 안심

위대하게 빛났던 유산
번뜩이던 호기심
과장된 과거분사
모두들 굿나잇

천천히 한 번도 멈춘 적 없이
잠자는 것처럼 조용히

Dropping

꿈을 여러 겹 꿨는데 한 겹도 기억나지 않는
AM 07:38
'민트 로열티'를 마신 후,
마지막으로 이를 하얗게 닦는다

내 예민한 청신경이 먼저 입수한
무서운 설렘
1m 27cm 거리를 유지하며
늘 내 외곽을 맴돌던 네가
결국 나와 합체되지 않으리라는 예감

네 주홍색으로 상기된 뺨을 어루만지고 싶었어
손해만 보더라도 감동을 주고 싶었고
너라는 이유만으로 그저 울고 싶었어
내 모든 잉여를 너의 결여들과 나누고 싶었지

내가 진심으로 좋아하는 것들은
사소한 것들이었다

얌전한 체온
싱싱한 우울
소금에 절인 슬픔
반딧불맛 환한 웃음
그리고 너를 이루고 있는
그 모든 옹색하고 실망스러운 세포들

나는 완벽한 얌전을 위해
높은 하늘로 투신한다

명복(冥福)

네가 떠나고 난 후
내가 지뢰를 밟고도 고통에 애써 시들지 않은 후
잠자리 날개를 펼쳤다
무의식을 따라 펼친 면, 317page
그곳엔
사르륵 겨울 별자리 바뀌는 소리
내 정든 육신에서 네 영혼 이탈한 흔적
금지된 지식을 염탐하려는 네 몸짓의 하소연
테러처럼 들끓는 술잔들
환유(換喩)로 가득 찬 너의 흰 이마

그동안 내 영혼, 죽 쑤어 개 준 꼴이었으나
아직, 그대 몸 대단히 맛있기를…

그리고
오늘도 명복을 비는 하루가 나를 관통하고 있는 소리…

우리는 우리도 모르는 사이에 자주 불멸을 지나친다

Ending

언제까지 너를 붙들고
이 황량한 사막을 헤매야 하는 건지
네 존재감이 천근만근 무겁고 버겁다

끝을 헤아릴 수 없는 사막같이
너와 나의 사랑 한량없을 줄 알았건만
궁고한 시간만 하염없구나

네가 앉은뱅이였더라도 너를 업고
거뜬히 사막을 건널 수 있을 줄 알았지
너를 품은 내 마음이 이렇듯 옹색해질 줄 모르고

모든 건 내 탓이다
그러나 이젠 사랑하는 것보다 살아남는 게 우선
내가 너를 떠나든가
네가 새로운 길을 찾든가

#5. Happy ever after

떠나야 할 시간이 되었다니까
넌 아직도 다른 차원에서 다른 종으로 살게 되는 걸
두려워하는 거구나
지구에서 진실을 찾는 건 시시해

떠나야 할 시간이 되었다니까
지구에서의 습관을 잊으라니까
나팔꽃 피어 있을 때 잠깐 열린
8차원 시간의 문이 닫히기 전에
이랴, 어서 지구를 뜨자

자전(自轉)

오래전부터 존재하지 않는 것들을
찾아 헤매고 헤맸으니
이젠 고단한 순례를 접고
바다로 갈지니

닦아도 닦아도 희뿌염한
안경을 벗어놓아라
뭐가 들어 있는지 알 수 없이 무겁기만 하던
봇짐도 내려놓아라

눈 감으면 대양에서 파견된 푸른 물결이
고단한 그대의 전신을 휘감으니
잠들지 못한 사람들의 베갯잇을 적시는
어렴풋한 자장가도 찰랑찰랑

그리움을 흉내 낼 필요도 없어
한 번도 안주한 적 없는 사랑이니
베끼고 싶은 행복도 존재할 리 만무
질긴 희망과 상처는
몇 번이라도 되아물 테니까

저 물결은 소리 없이 흐느끼며
돌아갈 데 없는데 돌아가려는 바람은
회귀케 하라고

저 물결은 한숨도 없이
갈 곳 없이 방랑하는 구름은
비가 되라고

눈을 감으면 햇빛 속에서 활활 타오르는 무덤이
'이리로 오라'고 선명한 손짓을 하네

믿음의 패턴

믿음이 뭐 별건가,
믿을 만해서 믿는 건 좀 시시하지
믿을 만한 점 쥐뿔도 없거나 눈 씻고 찾아봐도 없는 삶,
시종일관 모호했던 네스 호의 괴물 같은
미궁의 잔당들을 한번 힘껏 믿어보는 거,
불변할 것 같던 고집 센 믿음이
늘 뒤통수를 대차게 후려치는 양만큼
우린 깜냥대로 하릴없는 믿음의 패턴을 숭배했지

이를테면,
만년 신용불량자도 자꾸 믿어주다 보면
언젠가 듬직해지거나 반듯해질 수도 있다는 걸
그냥 믿어 의심치 않는 것

사는 동안 잃어버렸던 그 모든 우산들,
구석진 모퉁이나 틈바구니에서 늙어가던 우산들이
불현듯, 날개를 펴고 하늘을 날아올라
내 앞에 전면 등장할지도 모른다는
그런 맹랑한 꿈을 계속 품고 다니는 것

Thank U for

고마워, 늠름한 어깨와 작은 손을 가진 친구들아
언제나 껴안고 붙잡고 실컷 울 수 있게 해주었으니

고마워, 파란색 바이크야
누군가 보고 싶을 때
한달음 달려갈 수 있게 해주었으니

고마워, 어미 잃은 아기 고양이야
마음을 다해 '사랑한다는 말'을
입 밖으로 꺼낼 수 있게 해주었으니

고마워, 착한 동화책들아
머리맡에 두고 잤더니 고질적인 악몽이 물러갔도다

고마워, 양들아
풀만 씹고도 이렇듯 따스한 털을 내어주다니
올겨울도 너 때문에 포근할 거야

고마워, 메이플 시럽아
너 없으면 팬케이크는 밀가루 구운 것에 불과하지

고마워, 어딘가에서 기어코 만나게 될 사랑들아
여전히 나를, 또한 누군가를 설레게 해다오

I can fly

아주 먼 옛날, 혹은
가늠하기 힘든 먼 미래에
인간은 날개를 가지고 태어났었대.

그땐 땅 위에 집을 짓지 않아서
사람들은 땅덩이를 갖기 위해 다투지도 않았으며
길이 막혀 약속에 늦는 적도 없었대.

원하는 곳 어디든지 자유롭게 훨훨 날 수 있어
눈에 보이는 것만 믿은 게 아니라
보이지 않는 것들의 이면의 진실까지 헤아릴 줄 알았대.

모두가 지구 마을 사람으로서
국경이란 개념은 필요치 않았고,
어느 곳에서든, 그곳이 아무리 먼 곳이라도
흉한 일이 생기면 모두들
그곳으로 황급히 날아가 힘을 보탰대.

누구나 귀한 마음이 싹텄을 때
망설이거나 계산하지 않고 '사랑한다'고 말할 줄 아는
용기 있는 사람들이 넘쳐났고
떠나가는 것이나 상처 받는 것이 두려워 변한
사랑을 속이지 않았대.

희망으로 누벼진 평화

그가 영원히 사라졌다고 누가 함부로 종알대는가?
그의 존재가 죽음으로 우리 곁을 온종일 떠났다고
그 누가 증명할 수 있는가?
그는 명랑한 구름으로 총명한 햇살로
살구빛 날개를 가진 새로
안식의 노래로 진즉에 부활했다
그대, 눈물을 멈춰라

살아생전의 고통은 절연체
아무도 고통의 진심을 유려하게 해석하지 못한다
누구에게도 아픔은 쉽사리 전도되지 않는다
고통은 있는 그대로 관 속에 편히 누이자
이제 누더기가 된 전생의 페이지를 넘기자
모골 송연한 기억도, 나쁜 쪽으로만 심화되는 악몽도
훌훌 등 뒤로 던져버리자

세상 만물에게서 환하게 발산되는 빛의 바늘과
그대를 아끼는 사람들이 보내는 응원의 실로
희망을 꿰매고 평화를 누벼
좋은 꿈꾸게 해주는 이불을 만들자

사랑의 기억이 있는 곳에
사랑을 잠시 내려놓고 걸어 나가자
천 개의 눈이 한꺼번에 내리는 날
우리 만나서 밤새도록 웃으며
맨발로 춤추자꾸나

Cat mode

사람들은 참 어리석기도 하지
'인연'이란 걸 빙자해서 애써
관계를 연명해가곤 하니 말이야

고양이들은 인연을 구걸하거나 적선하지 않지
관계의 연을 기억할 때는 복수가 필요할 때뿐
새날이 밝았다
오늘도 신선한 우유가 배달될 테지?
그리고 적당량의 일조량과 졸음도
신난다!

Blooming day

삶의 중앙청에서
꽃이 피고 있다는 걸,

그 꽃 활짝 봉합선을 열고
만개하여
진동하는 향기
숨 막히는 향기
뭇 짐승들을 희롱하고
스스로의 동공을 찢은 후,

또 누군가 감쪽같이 숨 멈춘
새벽 사이에
그 꽃 부서지리라는 걸,

생은 이토록 애석한 관절을
갖고 있는 꽃이라는 걸…

꽃 피고 진다

봄에는 여전히 꽃이 피고,
또 흩날리고 진다

우린
그냥 눈을 한 번 깜빡 감았다 떴을 뿐

봄에는 여전히 꽃이 피고,
또 흩날리고 진다

Go on~

완전한 망각이 존재하지 않는다고
대서양을 너끈히 횡단한 호색한 별들이
끈덕지게 간섭하였다

행성 위에서 감행된
모의실험은 실패다
그리하여
망각을 밟는 행진

슬픔을 흡입하기엔 폐활량이 너무 협소해
이 애석함은 면역이 되질 않는구나
어디에도 귀의하지 않겠다는 욕망이
벙어리의 비명처럼 식도에서 들끓는다

선인장의 즙을 짜서 내 발을 적셔다오
목적지는 처음부터 구만리
갈색 구름들은 소란을 떠는 법이 없지
아무쪼록 미래는 속개된다
Go on~

Afternoon tea

넌 오늘도 홍채를 가늘게 조이고
네가 보는 것만 옳다고 종알대며
뾰족한 부리로 작은 새들의 심장을 쪼고 있구나
시집살이도 오래 하면 약발 안 서니
이제 그만 작작해두렴

내가 원하는 건 매일 한적한 오후에 따뜻한 차를 마시는 것뿐
어느 날 갑자기 네가 하찮게 여기며 비웃던 작은 새들이
황홀한 날개를 활짝 펴고 일제히 하늘 위로 날아오르면
네 삶이 얼마나 무료해질까?

따뜻한 차를 마시고 다디단 쿠키를 먹자
미움을 품고 적개심을 불태우는 데 쓰던 힘은
좋은 차를 구하고 맛난 쿠키를 굽는 데 쓰자
인생 뭐 별거 있나
차 한 잔 마시는 일보다 나은 게 하나도 없더라

Go a long way

떠나야 할 시간이 되었다니까
넌 아직도 다른 차원에서 다른 종으로 살게 되는 걸
두려워하는 거구나
지구에서 진실을 찾는 건 시시해

떠나야 할 시간이 되었다니까
지구에서의 습관을 잊으라니까
나팔꽃 피어 있을 때 잠깐 열린
8차원 시간의 문이 닫히기 전에
이랴, 어서 지구를 뜨자

붉다

그럴듯한 것은 모두 붉다

네 코피의 붉은 피가 내 무릎에 떨어지는 것은 붉다
꿈속에서 내 꿈을 들여다보는 너와 마주치는 것도 붉다
죽은 자의 영혼에 틈입하는 방법을 터득하는 것은 붉다
의미가 아닌 흔적을 보는 버릇 속에 기생하는 의미는 붉다
놈이 레퀴엠을 작곡할 수 있을 때까지 내가 살아 있을 확률은 붉다
허위의 조서에 떨어지는 잔향들은 붉다
고통은 전도되지 않은 절연체라는 사실은 참 붉다
피가 나게 긁어도 시원하지 않은 천착도 붉다
내가 좋아하는 악당들이 다 죽었다는 것도 붉다
좋은 물체인 적 없는 인간이 종국에 도달하는
지리한 결말을 부감하는 것도 붉다
지내고 나면 못 견딜 일이 없다는 것도 붉다
한눈에 간파했다고 곧장 지루함으로 돌입하는 것도 붉다
헛된 믿음이 자신의 대동맥을 찍는 얼음송곳이라는 것을
깨닫지 못하는 것도 붉다

빨랫줄에 마지막으로 걸려 있는 그의 명징한

시를 발견하는 것도 붉다

대답할 수 있는 질문에만 응답하는 것도 붉다

산 자들 중에 유일하게 궁금했던 자가

내 의식 속에서 목숨을 부지하지 못했다는 것도 붉다

항우울제를 흡입해도 척박한 영혼이 개선되지 않는다는 것조차 붉다

선택된 황홀과 불안, 이 두 가지를 가졌던 베를렌은 정말 붉다

오래 적막한 혁명은 붉다

붉은 것은 어느덧 붉다

붉고도 붉어, 기어코 붉다

Dream chasers

불안을 잠식시키는 변명의 일종이었을지도 몰라
두려움을 포장하는 고질적인 방법이었으며
세상으로부터 안주하는 속된 관습을 물려받은 건지도 몰라
그대와 내겐 모든 걸 합리화시킬 수 있는
지난한 삶의 이력이 수십 벌 마련되어 있으니까

아찔하게 빛나는 꿈이 있었지
그럴싸한 전시관의 액자에 가두어져
구경거리가 되어버린
꿈의 핵심이 뭔지 잘 몰랐던 거야
아니, 알아도 지금 액션을 취할 때가 아니라고
애써 되뇌곤 했지
도리질할 이유는 늘 차고 넘쳤고
꿈으로 다가서기 위해서는
모험을 무릅썼어야 했음으로

이제 불온한 미래에 관한 잡다한 예측을
스톱시키고 무릎을 펴고 일어서자
질질 새고 있는 꿈이
너무 멀리 도망가기 전에

인생은 어차피 플러스마이너스 제로
살아 있다는 건 본전이고
울퉁불퉁한 꿈일지라도 그 꿈을 향해
한 발 내딛을 수 있다면
이미 플러스

프라하 옆 동네 체스키크룸로프의 골목을 몽골 아르항가이 한복판에 가져다놓은 조그마한 나라, 나는 그곳에서 구름을 재배하는 농사꾼이었다. 정유희와 권신아는 그 나라에서 사귄 나의 친구들이다. 그들은 꿈을 꿈보다 선명하게 적고 그리는 낙서쟁이였다. 두 사람이 그 나라의 비밀들을 여기에 몽땅 누설하고 말았으니, 실은 이 책은 우리가 살던 나라의 패스포트다. 당신의 손에 이 책이 들려 있는 순간, 당신은 우리와 나란히 벤치에 앉아 그 나라에서 기분 좋게 졸고 있게 될 거다. **시인 김소연**

정유희, 권신아. 두 사람의 글과 그림은 지하세계 비밀공작단의 메시지처럼 암호로 가득한데, 암호를 해독하려고 페이지를 자세히 들여다보고 있노라면 어디선가 함께 서서 슬그머니 웃고 있는 두 사람의 얼굴이 보이는 듯하다. 『함부로 애틋하게』는 가끔은 짓궂고 때때로 신비롭고 자주 하늘을 보게 만드는, 잘 어울리는 콤비의 작품이다. **작가 김중혁**

사랑하는 사람에게 미처 부치지 못한 수줍고도 당돌한 연애편지를 훔쳐보는 느낌이 바로 이런 것일까? 정유희가 그려내는 알싸한 글을 접하는 순간, 사랑의 정체를 알고 싶어 안달하는 소녀와, 사랑의 실체를 가슴 시리도록 체득한 성숙한 여인의 모습이 함께 어른거린다. 더불어 권신아의 아름답고 판타스틱한 삽화들은 우리가 끝내 이루지 못한 꿈같은 사랑의 모습을 재현한다. **작가 임경선**

'There's….' 정유희의 글은 적당한 거리를 두고 우리의 감성과 시신경을 관찰한 후 다시 거울에 비춰준다. 그녀의 글을 읽으면 그녀가 우리의 사랑, 혼돈스러운 삶의 현실을 대신 말하고 있는 것 같다. 마치 우리의 모습을 리얼하게 연기하는 연기자처럼. 어느덧 그녀의 목소리와 우리 내면의 목소리가 하나라는 사실에 깜짝 놀라게 된다. 그것이 진정한 글쟁이의 역할이다. **뮤지션 이상은**

값 13,800원

03810

9 791160 270020

ISBN 979-11-6027-002-0